1 VOLL *kein* TYP

NANA AOKAWA

VOLL *kein* TYP

NANA AOKAWA

1

KAPITEL 1

SCHAUDER

WÄH

SIE SIND DIE EINZIGEN GÄSTE MIT EINER RESERVIERUNG.

MUSS DER FALSCHE TISCH SEIN.

HÄ?!

WAS MACHST DU DA?

ODER DER FALSCHE LADEN.

ICH RUF MAL SUO AN.

WAS IST HIER LOS?

DU BIST ... D... DIESE STIMME!

WO SIND DIE MÄDCHEN?

WIR HABEN UNS NICHT MIT KERLEN VERAB-REDET!

GYAH

WIESO LASST IHR UNS WARTEN? GANZ SCHÖN FRECH!

SCHICH-TEN?

WIR HABEN ZURZEIT VIELE SCHICHTEN.

DA HATTEN WIR KEINE ZEIT, UM UNS UMZUZIEHEN, ALSO SIND WIR SO GE-KOMMEN.

AH, ACH SO! ES IST WEGEN DES OUTFITS.

GUT, WEITER!

GANZ RUHIG, HAGI!

ÄH, ICH MEIN' MÄDCHEN?!

MÜSSEN WIR ERNSTHAFT ZWEI GUT AUSSEHENDEN TYPEN BEIM KÜSSEN ZUSEHEN?

...

MACHST DU FOTOS?

HAGI?!

OJE!

TUT MIR ECHT LEID!

DIE NUMMERN DER MÄDELS SIND ...

DIE EINS UND DIE VIER!

NUR MUT, HAGI!

ALLES KLAR! ICH MUSS NUR ZWEI NUMMERN RATEN UND HOFFEN, DASS KEINER VON UNS DRAN-KOMMT.

HÄ?!

HIHI.

HMM, WOHIN SOLL ICH DICH KÜSSEN?

KLICK
KLICK
KLICK
KLICK
KLICK
KLICK
KLICK
KLICK
KLICK

DA SIND WIR WIED...

AH, DA SEID IHR JA!

FUJI, LASS GUT SEIN.

ICH WILL NICHT MEHR!

FÜR DIE LIEBES-SZENE.

NUR NOCH EINS.

LETZT-ENDLICH WAR ES EIN GELUN-GENES ERSTES DATE.

AHA HA HA!

WER VON EUCH IST WER?

IST WAS?

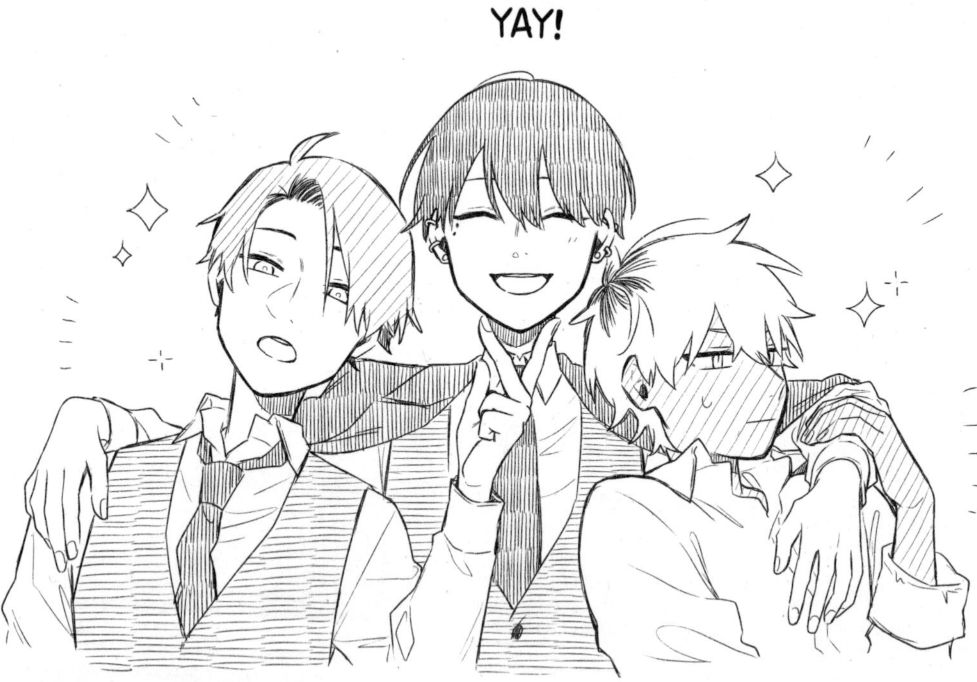
YAY!

KAPITEL 2

EIN SONG-CONTEST MIT BESTRAFUNG, JA? TOLLE IDEE, JA?!

OJE ...

YAY

DAS GEWINNEN WIR!

WAS DAS AUSSEHEN BETRIFFT, KANN ICH EUCH ZWAR NICHT SCHLAGEN, ...

... ABER IN DEM FALL LIEGE ICH AUF JEDEN FALL ...

HHT

... VORN?

IRRE! WOW!

100 Punkte

OH!

HUNDERT PUNKTE HATTE ICH NOCH NIE!

AH!

SIEHT AUS, ...

... ALS HÄTTE ICH GEWONNEN!

MEINE OHREN ... MEIN GEHIRN ...

DIESE GÖTTLICHE STIMME!

GEHT'S?

UWAAH!

DA DRIN GEHT'S JA RICHTIG RUND!

LIEBER NICHT STÖREN ...

HA HA HA HA HA

302

GYAAH!

DARIN SIEHST DU ECHT SÜSS AUS.

SO SEH ICH SÜSS AUS? WAS SOLL DAS HEISSEN?

MAN KANN HIER JEDE MENGE KOSTÜME AUSLEIHEN.

DER KENNT DAS SCHON! KEINE SORGE!

ER HAT MICH SO GESEHEN...

BUHU!

ICH FIND'S COOL, DASS DU BEIM CROSS-DRESSING MITMACHST!

STARR

WENN SIE LOSLEGT, IST SIE NICHT AUFZUHALTEN.

ICH KANN NICHT MEHR!

TI HI HI...

WIE WÄR'S DENN SONST DAMIT?

HAST DU NOCH LUST?!

DAS IST ES!

FUJI, ALLES OKAY?

?

ES IST NUR, WEIL SIE ALS MANN VERKLEIDET IST, DASS ICH DABEI NICHTS EMPFIN...

OKAY, ICH WÜRDE AUCH SO REAGIEREN, WENN ICH AUS DEM GLAS VON EINEM HÜBSCHEN MÄDCHEN TRINKE.

SIE IST VOM TYP HER EHER DIE SENSIBLE!

AAAAH! JETZT IST MIR ALLES KLAR!

HAGI?

KLACK

KLACK

KLACK

HÖR AUF, HERZ!

BD

WIE PEIN-LICH!

MBL

WAS IST LOS?

IN-ZWISCHEN KANNTEN SIE SICH SO GUT, DASS SIE KONTAKTE TAUSCHTEN.

JUHU!

KOMM, WIR MACHEN DIE FOTOS DRAUSSEN!

... AUF SÜSSE MÄDCHEN!

ICH STEH DOCH ...

?

DU SCHLÄGST FÜR EINEN KERL?!

DIE WAREN DOCH TOLL!

VON DEN SELTSAMEN VERKLEIDUNGEN FÜR MICH MAL ABGESEHEN.

DAS WAR DOCH ECHT LUSTIG!

GAMES ONLY

OH!

'NE RUNDE ZOCKEN?

HM-M!

UND DU? BIST DU GUT MIT DEM GREIF-AUTOMAT?

ICH GEH ZU DEN TAIKO-TROMMELN!

KLAR.

EINE SPIEL-HALLE? HABT IHR LUST?

TOKIWA!

IST DAS EIN FOTO-AUTO-MAT?

SUO, ALLES OKAY?

HM?

DIE VERSTEHEN SICH JA INZWISCHEN ZIEMLICH GUT.

DU KANNST DOCH REIN!

DU BIST DOCH EINE FRAU.

KEIN ZUTRITT

OHNE WEIBLICHE BEGLEITUNG

ICH WOLLTE EIGENTLICH EIN PAAR FOTOS MACHEN, ...

... ABER DAS HIER IST NUR FÜR PAARE.

ACH SO ...

DARAN HABE ICH GAR NICHT GEDACHT.

JA.

DAS WISSEN DIE ANDEREN JA NICHT ...

... UND ICH WILL DIE GÄSTE HIER NICHT BELÄSTIGEN.

JA, ABER ICH BIN ALS MANN VERKLEIDET.

LIEBER DOCH NICHT?

SUPER!

HMPF

D...

DOCH, GEHT KLAR.

HA WA WA WA!

WAH!

DIE KÖPFE MÜSSEN MEHR ZU-SAMMEN.

LOS, KOMM MAL NÄHER RAN.

SST

LINS

BITTE
LÄCHELN!

KAPITEL 3

PRINZ!

PRINZ?

WOHER KENNST DU DEN PRINZEN?!

HÄ?!

DAS FRAGEN WIR DICH!

WA... WA... WAS IST DENN LOS?!

*SSR = SUPER SPECIAL RARE

SO VIEL ZU DEINER „UNAUF-FÄLLIGEN" VERKLEI-DUNG, SUO ...

DES-WEGEN WIRD ER AUCH „SSR-PRINZ"* GENANNT!

DER BILD-HÜBSCHE TYP, DER HIER AB UND ZU AUF DEM CAMPUS AUFTAUCHT!

IMMER, WENN WIR IHN ANSPRECHEN WOLLEN, IST ER WEG.

NIEMAND WEISS, WIE ER HEISST UND WAS ER STUDIERT!

SAG ES!

WIE GEHT DAS?!

WIR WOLLEN IHN KENNEN-LERNEN!

GYAAAH

KEINE AHNUNG ...

WORUM GEHT'S?

OH!

WAH

I... ICH HAB NICHTS BE-SONDERES GEMACHT.

ALSO,
NOCH.

JA,
GENAU!

KAPITEL 4

'VOLL *kein* TYP'

KAPITEL 5

EIN JÄHER WOLKENBRUCH!

ZUFLUCHT VOR DEM REGEN, DIE KLASSISCHE ROMANTIKSZENE!

UND WER STEHT NEBEN MIR? EIN KERL ...

DIE FRAUEN STARREN ALLE NUR KOHAKU AN.

DAS MACHT MICH NICHT AN, DAS MACHT MICH NICHT AN ...

KOHAKU, DU BIST JA KLATSCHNASS! DEIN HEMD SCHEINT DURCH!

HM?

OB ICH SIE IRGENDWANN OHNE DEN AUFZUG ZU SEHEN BEKOMME, WENN WIR UNS BESSER KENNEN?

AUF DEM FOTO SAH SIE SO HÜBSCH AUS.

WIE SCHÖN WÄRE ES, WENN SIE JETZT WIE EIN NORMALES MÄDCHEN GEKLEIDET WÄRE.

HMMM ...

ESHAAA

PLITSCH

ABER DANN WIRD DEINE JACKE NASS...

I... I... IST DOCH EGAL! DU BIST EIN MÄDCHEN, ICH WILL NICHT, DASS DU DICH VERKÜHLST!

TU DAS, BITTE!

OKAY, DANN ... ...LEIH ICH MIR DAS MAL AUS.

NICK
NICK
NICK

KEIN GRUND, VERLEGEN ZU SEIN! WIE EINE FRAU SIEHT SIE GAR NICHT AUS!

LINS

HM? WARUM GENIERE ICH MICH ÜBERHAUPT?! SIE IST DOCH ALS MANN VERKLEIDET!

HM?!

SCHLABBER

IST DAS NICHT SÜSS?

BOIN

IST WAS?

HYAH!

KLACK

HEY, IHR ZWEI!

NEIN, NEIN, NEIN, NEIN!
ICH STEHE NICHT AUF KERLE!
ICH FINDE DAS NUR SÜSS,
WEIL ICH WEISS, WIE SIE
IN ECHT AUSSIEHT. ES IST
NICHT SO, DASS ICH MICH
VON HÜBSCHEN MÄNNERN
ANGEZOGEN FÜHLE!

GRMBL GRMBL

GRMBL GRMBL GRMBL

HAGI?

HÄ? NEIN, ICH BRING DICH ZUR ARBEIT.

ICH BRING DICH.

HAGI, MUSST DU ZUM BAHN-HOF?

ABER ...

HASP

NEIN, NEIN, NEIN!

OH!

DAS IST SEHR NETT VON IHNEN! VIELEN DANK!

HIER, EIN REGEN-SCHIRM FÜR EUCH!

ICH HAB ABER LEIDER NUR EINEN.

WAH! WAH!

... TEILEN WIR UNS AUCH NOCH EINEN SCHIRM!

FSHAAA

JETZT ...

DANKE FÜRS HER-BRINGEN.

GERN GE-SCHEHEN!

DA IST ES!

SO NAH!

OH, MANN! IHRE SCHULTER BERÜHRT MICH!

BLEIB RUHIG, HAGI! SIE IST EIN KERL! KEIN GRUND ZUR AUFREGUNG!

82

UHM...

WEM GEHÖRT DIE?

EINE MÄNNER-JACKE?

GEHT WIEDER AN DIE ARBEIT!

TAPP

TAPP TAPP

UND SIE HAT NOCH MEINE JACKE.

MEIN HERZ RAST VÖLLIG VERRÜCKT!

WAS IST DENN?!

TOKIWAAA!

WOVON REDEST DU?

'VOLL *kein* TYP'

KAPITEL 6

OTP?

SIEHT SCHÖN AUS! WAS SIND DAS FÜR FARBEN?

SAGT DIR DER BEGRIFF OTP WAS?*

*ONE TRUE PAIRING, TRAUMPAAR IN FANFICTIONS

LINS

DIE ZWEI SIND WIE IMMER.

DIE BEIDEN ZU BEOBACHTEN, BERUHIGT MICH EIN BISSCHEN.

OOKAY?

? ?

OBEN IST DER SEME UND UNTEN DER UKE.**

**SEME = AKTIVER PARTNER BEIM SEX, UKE = PASSIVER PARTNE

EIN MAID-CAFÉ?

ICH WAR MAL IN EINEM MAID-CAFÉ,

... ABER DAS HIER IST GANZ ANDERS.

WIR HABEN REIS-OMELETTE GEGESSEN UND SIND WIEDER GE-GANGEN.

JA, ZU-SAMMEN MIT HAGI.

DU WARST MAL IN EINEM?

HM?

SEHR GERN! BITTE SCHÖN!

EINMAL BITTE!

DANN PROBIER UNBEDINGT AUCH MAL UNSER REIS-OMELETTE!

WON

WURR

WIE SCHNELL!

HÄ?

HMMMMMMMMMMMM...

WAS IST DENN, SUO?

WAS SOLL ICH?

HIER, NIMMST DU DEN KETCHUP?

ALLES GUT?

UORGH

SCHAU MAL!

ABER IST GUT GEWORDEN!

ACH SO?

DU BIST JA HEUTE SO LEIDENSCHAFTLICH, SUO.

SEIT DEM KETCHUP IST MEIN GEHIRN AUCH KETCHUP ...

*AUSDRUCK DER ZUNEIGUNG

S... SUO! DAS IST ...

SPOTZ

DOOMM

M♡E*

'VOLL *kein* TYP'

KAPITEL 7

WARUM?! ICH HAB DEN ARROGANTEN „ORE-SAMA" DOCH PERFEKT GESPIELT!

(LEISE)

WA...

45 PUNKTE.

EIN ECHTER PASCHA-TYP WÜRDE JEMANDEM, DEN ER GERADE ERST KENNEN-GELERNT HAT, NICHT GLEICH DEN KOPF STREICHELN.

HNNNG!

SUO UND ICH SPIELEN JA AUCH EINE ROLLE.

... MUSS AUS-GERECHNET ICH DIESE ROLLE SPIELEN?

WARUM...

SUO IST DER PRINZ UND ICH DER GEHEIM-NISVOLLE UNNAH-BARE.

IHR SPIELT EUCH DOCH EINFACH NUR SELBST!

SO!

SIEHST DU?

JA, IST SCHON NICHT LEICHT ZU MEISTERN.

ICH BIN NUN MAL EINFACH KEIN PASCHA-TYP!

URG!

NICHT GLEICH SO LIEB.

SA-DO!

SEI FIES!

MBL

MBL

MBL

AUF DEN ERSTEN BLICK WIRKT ER ARROGANT UND HOCHNÄSIG, DOCH WENN MAN IHN KENNENLERNT, STELLT SICH HERAUS, DASS ER GANZ LIEB IST UND SICH NUR UNGESCHICKT ANSTELLT.

DAS IST DIE HANDLUNG AUS DEINEM LIEBLINGS-MANGA, ODER?

DAS IST DER MOMENT, IN DEM DIE LIEBE ERBLÜHT.

STIMMT, SONST IST SIE EIGENTLICH IMMER GANZ ANDERS.

WAR SIE SCHON IMMER SO?

WAS IST DENN HEUTE MIT KOHAKU LOS?

RUCK

WAS?!

HAGI KOMMT NICHT?!

KO... KO- HAKU?

ICH DACHTE, DASS ER NOCH KOMMT.

WIE SOLL ICH IHM JETZT DIE JACKE ZURÜCK- GEBEN?

SCHREI NICHT SO!

SCHRECK

ORESAMA!

KH!

PAT

DIE PASCHA-ROLLE PASST NICHT ZU MIR.

HÄ?

HMM ...

... DIE MEISTE ZEIT ÜBER WEISS ICH NICHT, WIE ICH MICH VERHALTEN SOLL.

KANN SCHON SEIN, ABER ...

KYAAAH! ER LÄCHELT!

FINDEST DU? DEINE KUNDINNEN STEHEN VOLL DRAUF!

OKAY. DAS IST AUCH NICHTS FÜR DICH.

? ? ? ?

HÄ? HÄ?

KOPF HOCH!

SIE VERSTEHT ES NICHT UND ICH KOMME MIR WIE EIN IDIOT VOR!

FWYPP

ICH?

IST ABER AUCH NICHT LEICHT.

SUO HAT DAS SCHON MAL AUS-PROBIERT, ABER ...

YANDERE

PAT PAT

DANN BLEIBT NUR YANDERE.

DU HAST IHN ANGESEHEN, ODER?

DABEI HAST DU GESAGT, DU HÄTTEST NUR AUGEN FÜR MICH!

IN LETZTER ZEIT SCHEINT DER PRINZ SO VERÄNDERT ZU SEIN.

HAAAAAH...

ER SIEHT MAL WIEDER ZUM ANBEISSEN AUS!

HACH...

SO EINE AUGENWEIDE!

GLAUBST DU, ER IST EIN MODEL ODER EIN POPSTAR?

HM?

IM VERGLEICH DAZU SEHEN ALLE ANDEREN SO AUS!

KLAPP

SO!

NEU LICH

SIND SIE WIRKLICH NUR FREUNDE?

SUO?

HMM ...

URG!

ABER WAS MEINT ER MIT „NOCH"?!

~WIR SIND NOCH FREUNDE", HAT ER GESAGT.

AH, WILLST DU EIN STÜCK SCHOKOLADE?

SOLLEN WIR ZUM KIOSK?

ICH HATTE NOCH KEINE ZEIT ZU FRÜH-STÜCKEN.

DARF ICH?

FLIP

SAG „AAH"!

HM?

... FÜTTERT IHN?!

DER PRINZ ...

D... DANKE ...

ÄHM ...

ALSO ...

NAH, DAS WAR ABSICHT, UM MEINE RIVALINNEN IN SCHACH ZU HALTEN!

DU FÄLLST DOCH EH SCHON ZU SEHR AUF, SUO!

DU KANNST NICHT EINFACH SO „AAH" MACHEN!

ACH, TOKIWA ...

WOZU?!

DIE SIND DOCH NIE IM LEBEN GANZ NORMALE FREUNDE!

NEIN, NEIN, SCHON OKAY!

ALSO, NOCH MAL!

WIR MÜSSEN UNSEREN
PRINZEN BESCHÜTZEN!

KAPITEL 8

SO EIN MIST!

M... MIST!

ICH HABE DIE HAUS-AUFGABE VERGESSEN!

LEER

Kannst du mir helfen?

Komm zur Mensa!

Kannst bei mir abschreiben.

DU GÖTTIN!

UM JETZT ANZUFANGEN, REICHT DIE ZEIT NICHT.

ICH BRAUCH HILFE ...

IM SELBEN SEMINAR

SUO!

HASP

ABER SIE FÄLLT JA AUF, ICH SOLLTE SIE SCHNELL FINDEN.

BLA

BLA

BLA

GANZ SCHÖN VOLL HIER ZUR MITTAGS-ZEIT.

ICH DACHTE, DAMIT KOMMST DU BESSER KLAR.

ALSO, WARUM BIST DU WIEDER ALS MANN VERKLEIDET?

NEIN, DAS IST SCHON OKAY ...

HEY, NICHT SO NAH!

ODER WOLLTEST DU MICH LIEBER ALS FRAU SEHEN?

ZWEI BIER, BITTE!

BOM BOM

DAS HEISST, ICH BIN AUF MICH ALLEIN GESTELLT ...

OOOO

BOM BOM

JA, ICH WOLLTE MAL MIT DIR WAS TRINKEN GEHEN.

BLA

UND ... DAS REICHT DIR ZUM DANK FÜR DEINE HILFE HEUTE?

BLA

GLUCK

...

ICH DARF SIE NICHT ENTTÄUSCHEN!

PROST!

PROST!

DU SCHLUCKSPECHT!

ICH HABE ZU SCHNELL GETRUNKEN, WEIL ICH SO NERVÖS WAR.

TOKIWA!

UH ... ICH BIN MÜDE ...

WIE SCHNELL KANN MAN SICH DENN BETRINKEN?

URG!

POXX

SLUMP

HÄ?

NEIN ...
DAS GEHT
NICHT ...

LEG
DICH HIN,
WENN
DU MÜDE
BIST!

?!

SCHLAF
RUHIG 'NE
RUNDE!

WENN
UNS
JEMAND
VON DER
UNI SO
SIEHT,
BIN ICH
TOT!

HM?!

SCHON
GUT! ICH
HABE KEIN
PROBLEM
DAMIT!

HÄÄ?

WA-
RUM?

WOW, WIE IM MÄRCHEN!

DU WEISST DOCH, ICH BIN DER PRINZ, ODER?

ICH WERDE DICH MIT EINEM KUSS WIEDER AUFWECKEN!

CHRR

DU BIST LUSTIG, WENN DU BETRUNKEN BIST!

SSK

ABER EINFACH AUF DEINEM SCHOSS EINZUSCHLAFEN, WÄRE ECHT TAKTLOS VON MIR ...

CHRR

TUP

TUP

SCHLÄFST DU WIRKLICH?

TOKIWA?

FUNKTIONIERT WOHL DOCH NICHT SO LEICHT WIE IM MÄRCHEN.

GEKÜÜÜ...

BAKECH

HÄ? HAT ER DA EBEN ...

HÄ?!

WUSS

SCHAUDER

?

ICH FÜHLE MICH BEOBACHTET.

SPÄTER

WIR MÜSSEN DAFÜR SORGEN, DASS SEIN RUF NICHT RUINIERT WIRD!

ICH HAB ES BEI DEM SPRUCH NEULICH SCHON VERMUTET, ABER ...

... DIE SIND JA WIRKLICH ZUSAMMEN!

GYAAH!

KA-PITEL 3

GNN
ALSO ...
WIE LANGE MACHEN WIR DAS NOCH?
ES IST GLEICH VORBEI!
EINE EINLADUNG ZUR FOTO-SESSION, ...
KLICK KLICK KLICK
KNIE KNIE KNIE
... UND DANN SO WAS?!
WARUM MÜSSEN WIR HÄNDCHEN HALTEN? SIE KANN DOCH SUO ALLEIN FOTOGRAFIEREN!
WAAH! MEINE HÄNDE FANGEN AN ZU SCHWITZEN!
TOK TOK
MACHT MAL 'NE PAUSE! ICH HABE WAS ZU TRINKEN GEHOLT!
!
JUHU!

GOKON NI ITTARA ONNA GA INAKATTA HANASHI vol.1
©2021 Nana Aokawa/SQUARE ENIX CO., LTD.

First published in Japan in 2021 by SQUARE ENIX CO., LTD.
German translation rights arranged with
SQUARE ENIX CO., LTD. and Loewe Verlag GmbH
through Tuttle-Mori Agency, Inc.

Deutschsprachige Ausgabe/German Edition
© 2024 Loewe Verlag GmbH
Bühlstr. 4, D-95463 Bindlach

Aus dem Japanischen von Yuko Keller

Redaktion: Patrick Peltsch
Umschlaggestaltung: Ramona Karl
Herstellung: Gabriela Müller
Lettering: Paolo Gattone, Chiara Antonelli
Druck und Bindung: GGP Media GmbH, Pössneck

ISBN 978-3-7432-1995-3
1. Auflage 2024

KINDERGARTEN WARS

ACTION

YOU CHIBA

EX-PROFIKILLERIN RITA ARBEITET JETZT IN DER KITA

Rita ist kalt wie Eis und bereit, jeden Preis für die Sicherheit ihrer Kinder zu bezahlen. Also, nicht ihrer eigenen Kinder, sondern die der Kita „Black", einer exklusiven Einrichtung für die Weltelite. Dort arbeitet sie als Erzieherin, seit sie ihren Job als Profi-Killerin an den Nagel gehängt hat, und verteidigt die süßen Stöpsel mit ihrem Leben. Sie hat nur leider eine Achillesverse, ihre Schwäche für hübsche Kerle. Wird ihr das zum Verhängnis?

 www.loewe-manga.de   @loeweverlag

CITY OF DRAGONS

DIE DRACHENKÖNIGE ERWACHEN!

Hongkong! Nach dem Tod ihres Vaters beginnt für Grace hier ein neues Leben – mit einem echten Abenteuer. Eine geheimnisvolle Frau schenkt ihr ein seltsames Ei … aus dem ein Drache schlüpft! Könnten die alten Geschichten, die ihr Vater früher erzählt hat, wahr sein? Noch während Grace darüber nachdenkt, wird ihr klar: Sie und der Drache sind in großer Gefahr …

GRAPHIX Loewe   www.loewe-graphix.de   ⦿ @loeweverlag

HEARTSTOPPER

MITTEN INS HERZ GESTOLPERT

Dass Charlie schwul ist, weiß die ganze Schule. Dagegen ist Nick, der Star der Rugbymannschaft, so straight wie eine Goalline. Glaubt Charlie. Aber dann entwickelt sich eine intensive Freundschaft zwischen den beiden unterschiedlichen Jungen. Charlie weiß sofort, dass er in Nick verknallt ist. Nick braucht ein bisschen länger, bis ihm klar wird, dass er Jungen genauso heiß findet wie Mädchen – besonders Charlie.

 www.loewe-graphix.de   @loeweverlag

KRYPTO

SEEUNGEHEUER GIBT ES DOCH!

Huch! Im Wasser hat sich was bewegt! Ob das ein Seeungeheuer war? Kaum ist Ophelia zu ihrer neuen Pflegefamilie direkt ans Meer gezogen, lassen die Abenteuer nicht lange auf sich warten. Zum Glück findet sie in dem alten Fischer Bernard einen Verbündeten, der ihre Begeisterung für unerforschte Meereswesen teilt. Zusammen gehen die beiden der Sache auf den Grund und machen eine atemberaubende Entdeckung. Doch nicht nur in der Tiefe lauern ungeahnte Gefahren …

GRAPHIX Loewe   www.loewe-graphix.de   @loeweverlag

HIER ENTLANG ZUM
NEWSLETTER!

✓ Exklusive Inhalte
✓ Vorab-Infos zum neuen Programm
✓ Gewinnspiele
✓ Manga-Highlights

WWW.LOEWE-MANGA.DE